薔薇とひかがみ　海東セラ

思潮社

薔薇とひかがみ

海東セラ

思潮社

薔薇とひかがみ

海東セラ

装画＝風間成美
装幀＝思潮社装幀室

白い小花のかたわらを
みずからの茎が追いぬいて
そっくりの角度でまねしあう
鋸葉のかげにあおい実をだくと
おなじリズムの憧れはやまない
ときにみだれる周波は
小鳥の落としもの
みしらぬ草が発芽して
とおくの歌も
はこばれてくる

わたしたちのルフラン
産毛がふれるほどそばにいて
いたずらな鳥はさらっていった
あまやかな残り香がゆれて
ゆめの網目をすぐ芽吹いた
匍匐してたちあがり
そよかぜのうえまで
まだ約束をしていない
祝祭はいくどもよぎり
雨の夜はうずめる

薔薇とひかがみ

はにかみ

はじめてのほほえみは
ウエハースに似て
まだ出会っていない、これからとこれからに
ほんのり未知の空気を挟んで
薄片をかさねる、春のレッスン
いくつ目かの層に塗ってある
バニラクリームが好きなひとりと
プレーンなのが好きなひとり
違っているのに、おなじものを総じてえらんで

変わりたい、変われない
ハニカム状に焼かれたお菓子は主役ではなく
アイスクリームに添えられるとき
舌を休めるぬくもりとして
かたわらにそっと置かれることの
つかのま、はなやかな反射がある
たがいちがいについばんで
いつだって乾いて
かろやかな歯ざわり
あるかなきかのあまさをさぐるうちに
ぎざぎざした縁をたわむれ
ひなたの廊下にぬけてゆく
まだときおり雪がちらつく季節の
それはあわいすみれ色をした
うわのそらの時間

あたらしい風は、過去のにおいもめぐらせ
ひかえめにふれあい
舌のうえでとかす
あったことの、気配はすでに親しく
すれすれの視点を得て断面で更新する
そのままがいい、そのままでいて
こぼれおちるかけらをハンカチにあつめて
むすうの余白を呼吸する
せつなるねがいは、そこまでの距離
すこし湿った日がきても
あしたのために
ひとつにならない

アンブレラハウス

くみあわせて空間をつくる　大きなのも持ち寄って　地面にひらく
骨組みもあらわな　うちがわに　かわいた場所がひろがってゆく
あめのにおい　陽のにおい　つちのにおい
ひざこぞうをかかえながら顔をみあわせてわらう
あまだれが　皮膜をはじけ

へだてたはずの外を向いて　鼻のあたま
ほんのり色をまとってステンドグラスみたい
しずかに息して　瞼のうちでまざりあう
あめはひかりを背に
ゆがんでうごめいて　えだわかれする
指でたどっても　濡れない
透きとおったふくらみからあふれ

ななめにささえられる　あわい影のなか
まるい目の奥が追いかけてゆく
いつまでも消えない　いくつもの空のひみつまで
うっかり肩でふれて　あまつぶのスポット
みじろぎがつくるやぶれめを　あわてふためいてかさねては
そっとまろやかにくるまれる　やわらかな声のくぐもりの方へ
うちがわを抱いてうたう　花とおなじ　だれに見せるためでもなく

すみれのテロル

ひそやかにあまく
ふるえる花のかげで
わたしたちは決行する
くるまざになって
ゆるり手をつないで
すみれいろのひみつを囁けば
うっとりそこからはじまって
からだじゅうがそまりはじめる
なめらかな起毛にくすぐられ

そっとこわれそうな
きっとこわしそうな
けだるい唇をもてあまし
うつりうつらせてむこうから
やるせなくはみだしてしまういちにち
こっそりつどってほのか
こもれびをバリケードにして
わたしたちは
はんらんする
かげをまねいてうなずいて
たまに目くばせ
みみのなかの雌蕊がこそばゆい
とおく花弁のびねつをうずめて
やがてさらってさらわれるまでの
だれにもこえられない

えいえんを占拠せよ
凪いでいたはずのからだを
しずかにまるく拒絶させて
花のなかにくぎづける
すでにあやういたそがれは
よるの種子をしずかに籠めて
こまやかにすみれいろの黙秘
ゆるんとうつむいて
ふおんな軽さを
かぼそい茎から
はじけるまで

純正シフォンケーキ

しあわせにジャンピングするお喋りが
ときおりしんじつを羽ばたかせる
かたちを溢れたことばの熱度で
こんがり周縁は焼いてまもられ
秘匿のサラダオイルが
グルテンの神話をつなぎます
水さえつかんで絹めいて
もったりメレンゲの
潜在的緊張は

春の雲の重低音
精巧に象られた
ましろな羽が支えて

焼き窯のなかでは
鳥類を焦がれうずまいて
ふんわり白亜の層まで
垂直な隧道をボウと吠えゆく
バニラは母乳とおなじ
遡行ルートをひらいて
やわらかな肌にも
気泡や陥没
はるかを旅しておもしろい
翼はいつも複数であり
やがてさかさまになって

あしたの風にゆだねなさい

パレットナイフで
はずされながら
脱ぎたかった型枠の
いとしいうらはらを
ぜんぶ拾いあげたいのです
ほろほろほつれそうな呟きも
はぐれてしまいそうなささやきも
ゆびあとあさい弾力のまま
生クリームをのせてゆらゆら
バリトンの浮力にぬくもりをあずけ
紅茶の葉が沈むまでのあいだ待っています

Rosa multiflora

いばらの戦略は
小鳥のお腹に留まって
みどりしげる庭に落下すること
わざわいとさいわいは似ている
あわく地面に芽吹いたとき
庭はひとつの実験で
あどけない棘と葉の
すらりとした枝の角度にみつけられ
そのとき、根はもう、よほど深い

花が咲くまで3年
野生の小鳥の寿命は2年くらい

つかのまを滑空し、翼にまかされ、まどわされ、水平にゆだね、さからって
影の形象を出ない、小鳥の均衡は、いばらの時間を通過した

隠しながらほころんで
たっぷりの蘂を降らせ
夜露が濡らした葉叢を
白はみちてくるおしく

くらがりの微温で、いばらは流線の形を、小鳥の目に預けた
偽果のゆめは、嘴でくだかれ、ついばまれ、垂直にまみれて、うずくまって

葉裏や茎の

あらゆるところに
にこ毛と棘をきわだたせ
庭のみどりはすでに濃く
いばらの香りにおぼれている
秘めごとのように
小花はみちる
わざわいとさいわいは似ている
馴れるよりもまず伐らなければ
のびるだけで絡まりもつれる
檻になるまえに

Robinia pseudoacacia

＊＊＊

冬枯れても温かな木の肌をさすりつづける
静かなみちのこもれびのあとを
かすかな身じろぎをかさねるように
あとからあとからやまない翳が
這いまわる根のうえにおぼつかなく
やがて雪を迎えると死のようにねむる
枝は削がれ冬芽は葉の痕に隠されて

いつわりとよばれる
よく似た葉や棘に眩まされ

朝にはひらき、夕方にはとじる
翼にあこがれ
手を伸ばすと
風をながれ裏がえりさかさまに沁みる
きづかなかったのはきずつかなかったから
茶色味をおびて対になった若い棘を
もぎとると軽くあっけない

たとえば風鳥の脚のように
ないこととあることとはくつがえり

ただいちまい選んでからたどりはじめる
ちいさな楕円の葉に印をつけて
羽ばたきの矢となるのか育みの環となるのか
はこばれる指を複数でみつめていくつもの空をふりだしに
他愛のない遊戯でも示される葉はもぎ取られる

だれの指でもなく
青いにおいはいつまでも残って

はじまりは坂道の並木で
かならず奇数のそよぎだった

記憶はおぼつかない
おなじ時を過ごしおなじ香りのなかにいても

いつのまにか咲きひらいてミルクいろにうかぶ
きっとくちづけの起源
夏至にむかってなおあまく
くびれをもつひとつひとつが釣りあって

ちょっと待っててね、息を吐いていたところだから

正午を過ぎると
蜜蜂の羽の浮力で
もっと遙かに

終わるといっそう濃くなって
埋めつくして覆いつくして消しつくして
秘めつくして啓きつくして呼びつくして分かちつくして

たがいに軸をずらし、放射状にふかめあう
放恣にみせかけてくりかえし打つ相似の楔

息を吸うために立ちどまってふりむくと
スカートの襞が揃ってまっすぐな髪が揺れている

花は蜜源
それ以外は毒性があることを
とおくの海には打ちあけておくね

焦がれつくして識りつくして
祈りつくしても
小葉は透けて陽にもどり
樹間にのぞくものはあしたには消える

離れるほど目の高さになって忘れてしまう
花が花であり葉が葉であったことも

ひびわれた木に潜りこんだ飛蝗は触角ではかる
あおい空に雲形の定規をあて
鼓動をしのばせ

漆黒の眼とかたくむすばれた
導火線に放つための火を抱いて

＊＊＊

*

半音

おそろいのブラウスのボウタイを
リボンにむすんで、肩甲骨をとじて
おでこのところから抜ける感じで
ドミソミド
風の通り道になりたいのにひとり
リハーサル室を出て廊下に立って
この先をまがると貴賓室とステージ
反対側の突き当たりの鉄枠の扉に
ガラスが嵌められている

真鍮のノブをまわしてつま先だって
まだ開場前のホワイエの
角張った錆色の柱のかたわら
白くフラットにうかぶベンチで
ド♯ミ♯ソ♯ミド♯
とおく響いて、波打ちぎわを湿る
濁らないようにね
あの子が捨てた1音もポケットでうたう
ルビー色をしてまだ温かい
総ガラスの窓を秋は暮れて
夕陽のいろに溶かしてしまえば
波が奏で去ってくれるだろう
うつむく音を
傷になっても聴いていたくて
レファ♯ラファレ、喉をひらいて胸を広げて

硬い音は軋みをよぶから
さっき差し入れのキャンディが配られて
口にふくんだ青はひらたくてうすい
背筋をのばして、おへそに重心を置いて
♯レソ♯ラソ♯レ
澄んだ音はそのものが重みとなって
水平線を転がってゆく
のぼりつめたらおりてくる、その前に
あかるい部屋にもどらなければ
立ち上がるといつのまにか
ほどけているボウタイのリボン
手順はおなじでもどこかしら傾いで
背伸びをしても半音落ちる
むすび直して、口角をあげて
ミ♯ソシソ♯ミ、扉をひらくと

ピータイルの廊下がまっすぐ長い
いつも導かれる高ぶりに
わからない構造のまま
ガラスをくぐって
響きの方へ

薔薇いろのかけら

〈Le mort, en désordre, emplissait la chambre.....〉

はたせないこころをあかるんだそらにうかばせて
まるでもうあとかたもないおとことおんなはつちのなかのむくろ
いろ褪せないめまいをくりかえすあどけない冒瀆をかさね
かなわないことの無残にくずれさってきえるまぼろし

あそこには死体があったあそこには死体しかなかった
うすのろの酔漢と着飾った娼婦とゴム長のピエロと男まさりのおかみと

コートを脱いでようやくなまめくはだかになることができる

夜の傘をたたみながらあらわれた最後のおとこは
亡霊であり残像であり腐りゆく死体から剝がれた執着であり

キッチュな酒場でいつかみたサーカスのようなゆめ

雨の森をさまよって青ざめたこころは旅する
あの部屋にはおとこがいてけれどおとこはもういなかった
欲望はからだのがわにあり目はおんなのそばをはなれず

ちいさないくつもの死がこころをほうりなげて
いきしにをくりかえしてもまだしたたかにほしがっている

気がつくとコートはやぶれ半分はあらわで

伯爵とよばれる慇懃なおとこは
死神の衣装を着てせかいを支配する

薔薇いろのひかりにまみれたからだのおんなは
宙づりのままもとめつづけてとびらをひらく

からだをあやめるためこころは毒をもってむくい
無垢な夜を飲みほしたおんなはすでにもうとどかない

だからからだからからだをおいだしてからっぽにならなければ

酒をあおってやわらかな肉片になって
みだらにおどって気をうしなって夜ふけの突風とともに

うつくしいピエロとふるえる花をさかせ
まわる舞台の生をさしちがえ極彩のあぶくにくれてやる

いつからここにいていつまでいたのか

鳥の澄みわたる声を捨てて
ふたつの死をかさねるためにゆるされた残酷なたくらみ

吐きだした唾のようにつめたくみにくくかたまって
さっき死んだおとこのようでおとことは似ても似つかない

はだかになりそこねたおんなからちぶさだけがこぼれ

だからからだからからからだをからだからからからだに

反吐と血によごれてほむらをくぐらせて
陰気な死者の目にも吐きつくして感じなくなるまで

みだれたゆびはいたずらにけしかける
いっさいがっさいやりつくしてしまわなくては

うらぎってうらぎられたはかないひとすじのいとしさ

あの部屋へもどらなければいけない時間だ

むつみあいねぶりあってもうあとかたもない
おとことおんなはつちのなかのむくろ

海側いりぐち

ゆきどまりをへてめまいする
まるでこわされた花のようなまるでつかみえないかたちの
おもてうら　きのうあした　あなたあなた

たとえば剝きだしの螺旋階段をくだる
開幕5分前のベルの　ゆきずりにうでをつかみ
もろともにすいこまれましょう　金属的さけめ
地下にひらける　鏡面きららかな喫茶室で
アイスコーヒーのストローのさき　指でおさえ
〈夕ぐれは　いつも　不安そのもの〉
らんざつなしぐさで　すじがきをやぶり
せめぎあってさえいない領域を　かすかにふるえ

浸透圧をいきつもどりつ　みずたまの影は

いろ褪せた緞帳があがり
ひろがる夜の　まんべんないくらがりの
みじろぎまで手にとるよう　めぐる血の振れはば
〈だれか教えてくれますか〉
スポットに照らされ燦然とかがやいて
無垢の板がよびおこす　むせかえるごとく
髪の毛筋いっぽんさえ　あいまいな闇でとらえ
うきあがる　いくえものシルエットのひとつを
せめて　つないでください　青ざめてふるえる手

たとえば楽屋うらのレッスンは　きままに
笑い散ってゆくさざなみの罪のない残酷
このさきをたずさえてくる　うやうやしいシーンに

〈わたしはとても悲しかった〉
薔薇をのせると　暮れてゆく秋はとけて
ことばを　あまく　すこしにがい　ふりむいて
ふたたびのひそやかな　いりぐちを探しはじめ
うるわしく無秩序な終演にあこがれ
どうしてもポケットにいれたかった　もえるこころ

月

水平に切られた吹き抜けから
終演後の人波を目で追っている
みちすじは熟知している
いくつかの非常口および
楽器や大道具の搬入口だって
ガラスの談話室のそばをとおって
ひとけのない、螺旋階段まで行けば
血のように赤いカーペット敷きの
鉄の踏み板をくるくる降りて

外へさきまわることもできるはず
フィナーレにむせぶ舞台に
花束を置いて抜けてきた
うるむ緞帳のなかで肩を抱きあい
ここからが船出、ふりむかずに
見切れの鏡をさかさまに
せまい直階段をのぼって
すれ違いませんように
2階の壁は一面がガラス
もう片方の手すりごしに
ホワイエの全景が見おろせる
甲板みたいなこの歩廊から
どこへだって行けるのに
まよいはじめると出あえない
バルコニー席へつづく階段は

おもわぬ交叉を暗がりでうながし
こっそり下って地階のはずが
出口のさきは地上だったりする
海側と山側、どちらからも合流できて
さざなみのような別の道が現われる
きっと海への傾斜がえらばれるはず
急斜面に建つ市民会館の
めぐりあい、いきちがい
中空にうかべて
ミントグリーンの月
きりとられた、ここにあるものとないものが
幾何学的配置の窓をよぎって
よりそってそびえる
はいいろのポプラの木肌を
街路灯が照らして

それはもうひとつの月
夢中でいるとき、ひとは見あげないから
気づかれることはない
黙劇のはてにふたつ折れの
コンクリートの階段に
かげを落としても

花園

ここが好き、とひとりが言って、
まっすぐの方向にある海にたどりつくために坂道が
ふたたびゆるやかに上ってゆくのが見えている
いちばん低いところを流れる夜の川のような国道を
越えると大縄飛びして向こうへ、虫でも星でも花でもなく
〈それは夢だったのに〉
表面張力を保ったまま、傾斜にまかされた速度で
そろそろ船が寄港するころかもね
たぶん船団が去って行く影だよ

見えない埠頭の風にさえすれちがって
たがいが望むものを言い比べているのかもしれないし
うそとうらはらはひるがえる、ともいえる
上りつめた丘の上から見えるはずの
港のあかりがきっときれい
そう思うことをひとりは胸の深くに
十字街を左に折れるとネオンの潤いにひかがみがすうすうする
どの道を行ってもたどりつく、海は前ぶれなくみちて
さっき客席の拍手が暗幕にしずめられて
くすぐったい涙がかおり
ささやきと花束で上気した顔が
おなじように頬を薔薇いろにした
おおぜいに紛れたので〈わたしのあこがれは〉
微熱のまま、ひそやかな螺旋階段を駆けおりた
斜面にひらかれた公園を背にして

そびえ立つ市民会館の影をのがれると
そらの傾きは入れ替わり、いつのまにか
二車線の通りをあたりまえの時間が往来している
あなたはずっとここにいるよ、ひとりはそう言って
歩幅をせばめることはしないので
秋は朽ちてゆく
落ち葉の尖ったにおいに静止して
〈さびしいところへ落ちる〉
速く、でも速すぎないように
はじめての海を見に行く
おもわくを裏切るのはいつも
わたしのなかの月

遊離基

深夜、ポータブルストーブは眠りを誘い、
カーブする反射板にゆがんで着ぶくれて自画像、
冬の窓をひらいて、雪に目ざめてやわらかなよはく、
夜気のかたまりが、人のにおいと混ざりはじめる、
燃える灯油から発せられ、
つめたい方へ、せめぎあって、
大きく吸うと、吸いこまれたい、雪野に、
もうひとりをあそばせ、ひとりはあいまいな潤みのなか、
あわい影を追ってつぎつぎ剝離する、交叉する、
それら夜空からふりまかれる白を、

〈コートのフードを脱いでまたたくまの日暮れ、クリスマスに向かう停留所で、見
つけられたくて、ふりしきる雪に、頭、眉、睫、あらゆる部位も吐息も奪われ、な
がれにも渦にもまかれてめまい、雪の轍の深い街を、おおぜいのように運ばれて、

氷点下の空へ、揮発性の夜は滑りでる、
屋根のうえに積もる雪は、
こぞりてまろむ、くぼみもつぼみも、なだれおちてほんもう、
たとえばオレンジのカーペット燃える、
ストーブからの引火、花模様のカーテンに、
燃えひろがって、火の粉を吹きあげ、雪は舞い、
まじりけのない窓を雪は燃え、発火性のひとみにふるえる部屋の、
真空を保つ蛍光管は爆発して、
ひとりの幕間は、
水銀ごと砕けちり、

〈にじむ空を浮かべ、煌々とともる時計店のショウウィンドウ前、白につつまれ、
くるまれるほどにガラスの恍惚、そとから凍え、うちから曇り、時計盤の針が動く
とき、背後の影は濃く更新される、まだ午後5時をまわったところ、

熱く、息を吹く、薄紙の空の、
切れ間をかすめて灰雪のむこう、
月が真珠いろに、消されそうで残っている、
ひとりは窓から身を乗りだして、輝度の高まりにあこがれる、
と、もうすでに夜の芯はくるめいて、
おともないおと、わずかな比重のおびただしさに、
亀裂もくぼみもなだらかにうずもれ、
死のようなねむり、鼻腔にかすか、
やがていろめくみどり野が、
水のゆくえをめざめても、

〈ほのあおく発車する、ついにバスは来たのだったか、斜線の雪を遮ってクラクションは、あまく日常を逸れて、ヘッドライトに浮かぶ、雪、影、雪、影、雪、影、雪、未明まで50センチ、何度もやり過ごす、透明なその日をずぶ濡れて、

夜に焦がれてかじかむ腕を、軒のつららはぬくもりと感受せず、
指はうばわれ、溶けだすことの氷のくさび、
うっすら油煙の舞う部屋から、ひとりの自我は枝をひろげ、
あらゆる向きの颪にさらされ、くの字に緘黙する、
ひとりは、はぐれ、ひとりをまねき、
雪つぶに盲いて、血のような粘度、
かすかな蘇生を手さぐりに、
枝を打つ音が内耳をめぐると、
みしらぬ層から攫われて、
白をたぎる、

*

交響

やがて花のマグカップは
かおりをひらき　柔和にうかぶ
波のレリーフの地模様に
あかるい海が覗いている　よせて
かえして　お喋りはもっといつまでも
貝がらをあつめてあしうらを濡らし
ことばとことば　拾いあった波うちぎわを
入れ替わることはないけれど　いつのまにか
なにかしらたがいのことばを生きている

砂時計とともに贈られた白磁のカップ
むっつのちいさく青い野薔薇が
風の自由をかたちであそび
よこむき　つぼみ　うしろむき
そして花のない枝葉だけのものもふたつ
小鳥のように　花のカーブは瞳をのがれ
さびしい空のあるところへ
いつも遠ざかってしまう
薔薇のお茶を淹れて両手でつつんで
かさなりあってゆれて　のこされた影は
舌の奥を軋んできらきら　ガラス質の釉薬に
しずむ夕暮れの海の密度を名づけようもない
まるみをおびて　まだひらききっていない
ひとつの花が　微笑むしぐさで宙がえり
なめらかに緊密な肌理をたどるゆびの

いたずらなハミングはとだえる
さざなみに消されてゆくあしうら
あわてて時計をさかさまにして
そこからは砂の夢になる

オリフィス

かならず頭上に空を残して
切りとられるはずの
時間はまだどこにもない
いくどもくりかえす、透明なまま
余白を組み替えることが
ふたつの丘の動機につながる
入れ替え可能な相似の部屋を行ったり来たり
流動的にみえても一方にしか作用していない
ゆるやかな窄まりを覗きこむとき

俯瞰された部屋の全景がそとがわのガラスに映って
すべりおちた時間は目の前にある
ガラスを砕いてつくられた
砂は薔薇いろにしずめられ
かぼそくつよく繊維状に燦めく
室内灯のひかりに、あの日の月のしずくがこぼれ
ゆれる長い髪のキューティクルもかがやいている
どの粒子も瞬きを秘めているのか、傾けてみて
区別がつかず、そっくりそのままかえってくる
ふたつはひとつ、そう感じても
気圧の違いによって空気は流れ、粒子は組み変わり
ひとしい丘になる確率はほとんどない
ちかづいて、耳をすましてもきこえない
うっすら体温を奪われる
オリフィスと呼ばれる入口から

さだまった数ずつ通りぬけて
くびれの上下は均衡をうしない、みるみる砂に潜る
波打ちぎわの二枚貝のよう
(わたしのなかのちいさな悪魔が)
砂の窪みから届いた声は
(あなたのなかのちいさな天使を)
砂の窪みに消えていった
いつのまにか現実へ流入しているので
もうひとつの窓からはじめてみる
反射にあらがい、一定して速く
ともに流れるかぎり、未生の時間は手のなかにある
あどけない日常を照らした
なぐさめだったおひさまの声をきいて
こもれびの影をあそんだ
沈黙の奥のひかりを探す

たがいはたがいを
どうしても
いつも手順に遅れてしまう

夜の箱

スライドする小箱の側薬を
いくどかこすってちいさくともす
ほそく撚った紙のさきの
芯まで滾って
ふるえる火球へ
みつめている時間をみつめている時間がみつめている時間のみつめている時間に
ふくらみから枝分かれして放射状に弾ける
夏の夜に匿われて　わたしたち
部分をきわだたせてあかるんで

まぶしそうな眼　わらう口もと
しなやかな腕の屈折や
思うよりもしっかりと大きさのある手
その指が弾いたピアノの音まで潤って
はやく落ちるね
年々あっけない
つぼみ
ぼたん
まつば
ちりぎく
おおくをうしない　季節の湿りは
みつめたものを瞳に溶かしこんでゆく
いつもうしろ手に窓を閉めてきたから
背後のあかりはうちがわをつくって
もうそこにいない

わたしたち　まだ危なげにともしながら
現われるものを　手で払ったりあおいだり
わすれられたみたいに火薬がにおう
フィラメントの移ろいは不連続な夢をとどめ
かぼそい稲妻をうかべたまま
ひとこまひとこま　質量も温度も持たない
さびしさではなく
目尻の優しさがのこされた
箱に収めて　やくそくどおり
もえのこったものを水にしずめると
夜がうすくけむる

砂漏

さかさまにする
あなたから贈られた
薔薇いろの砂が
おちるまでの3分間
砂面のちいさな窪みから
すべての傾きが生まれ
まんなかにひとすじが創られてゆく
おなじ大きさの砂でなければ
おなじ時間は過ぎてゆかない

案ずるよりも淡々とうたって
ながれの底はたがいに知れない
あなたとはたまにメールを交わす
なにげない問いかけが角度を変えて
とめどなくふたりだったころの時間があふれてきて
ちがうよ、知りたかったのは
おもううちにまざりあう
核心をつくのがよいこととはかぎらない
架空をさぐって返事をかえし
笑ったり旅をしたり気ままに
あおぞらを迂回してあたらしいきおく
まっすぐにひたすらくぐらせてゆくガラスのくびれ
おちようとする、まぎわはあっけなく
なだらかなひとりの丘にすぐ戻ってしまう
さだまった質量にしずまりながら

あるかなきか、身じろぎにつれて
濃やかな粒子は瞬きを変える
砂の経過はあなたのもとめる誠実な手順
ポットの蓋をあけて掻きまぜると
ひらききった茶葉はお湯をめぐって
ひかりもかげも澄んで
こっくりとゆらめく
紅茶液の純真に
抽出される

true circle

めぐる自問自答
きいてくれるだけで
断面はみつかるけど
まるいままの悩みごとに
しずみあぐねていたい気分
あいまにふくませる空気が
こまかな肌理を作るってこと
まだ知らずにいる飛行未満の
ホットケーキ、冷えちゃう前に

あらかじめ均等に分けてゆくのね
こんがり重なった2枚にナイフをいれ
直径15cmの真円をずらさずくずさずに
中心から放射状にひろがる二等辺三角形を
フォークで運ぶために摑まれる空間と未来
ひとりの美意識は食み出さずに信じることの
イノセンス、えらび取る指の規範にゆだねて
前のめりするもうひとりの自意識はじっとり
手ばなせずに気泡のためいきさえもぐるぐる
ねえ、知ってる？　あらかじめ熱しておいた
フライパンを濡れた布巾のうえで冷ますのが
きれいな焼き色をつける秘訣なんだってね
たとえことばの位置をはぐれたとしても
ひとつひとつのかけらは頭上をくるくる
あなたがあなたをわすれないように

等分の溝に落ちる影のエレガンスを
ななめ45度の角度にあこがれて
駅前の喫茶店でひとしきりめぐり
めぐられる放課後の発車時刻まで
花模様のカップアンドソーサー
ふれあう音と談笑のけはいが
潮の音みたいに近くて遠くて
身じまいのよいプレートの
2枚の円はきれいさっぱり
ほどよい厚みをなぞりあった
膨らみだけに満たされて
バターとメープルシロップ
ふかいところまで
滲みてじんわり

ブルーブラック

ほそみのシルエットに濃い臙脂色をして
書きぶりは鷹揚でも痕跡はしっかり残る
左右に癖のある線形が飛び跳ねて
まっすぐに書けない悔いがたちまち
金色の先から現われる
エリーゼ、インクが滲んで映りこんでいる
あなたに非があるわけはない
左脳の問題なのだと慰めるのはあなただけ
ひとには向き不向きってものがあってねえ

お団子屋でアルバイトをしようとしたら
率直に言ってくれたね
これでいいもの書きなよって
はたちのころ励まされ
ある年の年賀状にドラゴンを描いたら
ペン先がずれてあなたじしんに癖がついた
さすがドイツ製、メンテが無料だったけど
癖字と癖絵のブレンドされた癖は
エリーゼそのものを癖にして
ふいっとどこか旅に出た
ゆくえふめいは去られた方もふめい
ものに託されていたわけじゃない
探しても、探すほど見つけられず
忘れても、忘れずに寄り添われ
いつだったかこつぜんと現われた

あいかわらずまっすぐなフォルムで
ちょっと寝れて、傷ついていたというのに
他人事みたいにまた机上に置かれる
こまかな夥しい痕跡を問わず語りに
蓋もあまくなってるね
渇ききっているブルーブラック
ペン先を半身ごと水に浸けてひと晩
あらたなインクを装着して
書き出せばエリーゼが目の前にいる
信じてくれていたわけではない
とびきり優しいのに
淡泊ならうらはらも知ってる
ぎりぎり傷をつけ合うところで
どうしていっしょに居ようとしたのか
手放さなかったからでしょう

さらっと言って
古典的な塗装の鎛をひからせる
あいかわらず手に馴染んでおもい

饒舌な夜の

夏の小庭で
わたしたちはふえる
たしかめ
うなずき
さがしあいながら
かぎりなく登場して
うつりあう
過去のわたしたち
これからのわたしたち

架空の、歴史上の
あるべき
愛すべき
そこにいたはずの
もういない
近しくなるほど入れ違い
知れば知るほど疑わしい
信じるほど夕暮れは早く
あつめるほどに傷を負う
たわんでゆく棘の密生した枝の
葉陰の闇にうるおいながら
夜ごと話して話すことに飽きてそれでも話すこととたわむれ
わたしたちひそめあって
いつも夏は終わっている
うつむいてふくらむ影の

ひとつに見えて無数のまとまり
すべてを結ぶ芯を引くと抵抗もなく抜けてさかさまのうつわ
のこされた
ぬくもりを
あまずっぱく
はなやかにかおり
うちがわからほつれ
やがてばらけてしまう
ねむる場所さえあればよかった

花瓣

薔薇の均整がまぶしい
とうめいさを媒体として
はねかえす、あざやかな微笑みになじむには棘がいたい
再会をはたすと花瓣そのものの
蠟のように無機な素地にあつみがある
ひやりとなめらかに感受して
ひかりをあつめたそののちに
内外の温度差でほころび
くりかえすための情感がつたわる

そこにいて、羽になれるのに飛ばずにいる
咲きほこることはほがらかな歌で
ちっていくときにうすく、儚さが手のなかにのこる
人が夢みると徴す、そんな感傷はなかった
みんな好きな色を反射させたくてつどった
落ちると曲線がきわだって
ひとひらとなって影をおびる
はじめての、ちいさないしずえとしての接地面はすくなく
つつむかたちのまま傾けた
そこにしかないくぼみから縁がとだえる
蝕まれるまえに
ありったけの薔薇で薔薇を充たして
永遠はあるよ
つるで伸びてゆくものは真夏の窓の日よけになる
快活に葉先に触れていろどりある日々に

ひざしはあどけなくこぼれた
存在そのものでなりたつ無心の
しばしば実像はみうしなわれる
もとめても、直視できない太陽とおなじ
そばだつ秩序に決まってすこし背のびをする
花瓣のあつまりに整って
ゆがみなく精緻にうずまく迷路のそこまで
きよらかにくすぐったくとどいてきて
何度目かの再会をはたす
ただしく、大きすぎもせず小さすぎもしない
ぬくもりをおびてほのかな
暖色にはしゃいで

*

ギャラリー

そして、ステップをおりたところからはじまり
突きあたりの透明なドアに木立の秋がのぞいている
だれのすがたもみえず
入口の机にノートが置いてあるだけの
なにもないんだね、ともだちはそういって
おりてみよう、さそいかければすでにきびすをかえし
風がとおりぬける、おなじタイミングで突きあたりのドアもひらかれて
せつな、透きとおった逆光のギャラリーに
濡れた影が入ってゆらめいて、たぶんおおがらなおとこのひとだとおもう
ちょっと待っていてね、声は掠れてともだちにとどかず

傘をもったまま、船底めいたながい廊下へ泳ぐようにおりてしまう
壁につらなる嵌めこみの曇り窓が、あぶくみたい、このまま歩いて
きたひととすれちがわなくてはならない
パンプスの音が響くとコンクリートの床は浮かび
旅にでるのなら、もっと歩きやすい靴を履いてくるべきだった
若葉色のストールをまとったともだちは
大切なじかんをかかえ、余韻はいつもあたたかく
舗道で踏みしめた葉の質感がよみがえる
かすかに雨がまじっていた
やってくる影は、佇んだり離れてみたり
なにひとつ展示されていないというのに、他愛ないものでも踏んでいるのかしら
踵をみるとそこにない、踵なんかなくたって気にしない
本質はここにないとおもうのだけど
歩くためにどう踏みだしてよいかわからず
かたくなに、すこし狂って、ふりむくきっかけをうしなって

いま、すれちがうかすれちがうか、かたちがわからずシルエットのまま
なまなましい革の匂いがこぼれ、視線をのがせば
半開きのドアからあふれてくるいろどり
鳥のあそぶ影がすばやく、幹を駆けまわってとびたつ
ひかりのうらがわへ、しんとして、目をもどせば
廊下はさっきより古びて、にわかに酸臭が鼻をつく
せまってくるのは影かおとこか、踏めない床を踏もうとしてもとうにない
幻肢のように、あくまでよく歩く足は床のうえを闊歩して
いろんな時を歩いてきたね
さっき天気雨の空をみあげともだちがほほえんだ
声をなぞると、いのちの色をめじるしに
あるべき場所にとどまっていられる
ついには胸まで透け、瞼裏にかさなる残像
襤褸のインバネスでも纏っているのか、たくさんの影をおびて
唾でぬりかためたような肉桂のきついかおり

たらした舌で輪郭をなぞられ、生けどられたくはない
胴体などなくたっていい、そこにもないとわかっているけど
旅にでるなら道具はととのえておくべきだった
ぞろっとした、精緻な、あらゆる影に連れさられてしまいそう
たいがいハードな旅を好んできた
枝わかれした道をえらび、くずれた段差を跳んで
だけどどこかに
やわらかな水を汲む器があったのかもしれない
だれかの喉をうるおすための、入口はどこ?
まにあうだろうか、ノートに名前を書かなかったけど
風の助走にめくられて
空はかろやかに背後をわたる
ゆきずりの突風が満艦飾の影たちをひきつれ
耀きを浚い、傘を浚い、きっとドアも壁も浚って
もえる立木の葉をぜんぶ浚うと

あざやかにあられもなく舞いこんでくる
うすべに、ひいろ、かなりあ
もえぎ、くちば、こけいろ
すれすれを、しぐれのように、たがいを吹きあげ
うすれてゆく色のおもて
葉脈をさかのぼってつかのまの、全方向の虹のあかるみ
みえるものがないとみえないものもない
肉体など、そうつぶやいて、だけどなにかを待っていて
たどりつけないとしても
ひかりの性質だけでめぐっているらしい
だいじょうぶ
すでにとおざかった指のさきはともだちの空にとどいている
呼んでくれているのだとおもう
笑顔がきざして
呼びかえす

「すみれのテロル」は絵画「ゆるテロ」（ホリナルミ）に、「薔薇いろのかけら」は掌篇『死者』（J・バタイユ）に触発されて書いた。「ブルーブラック」中「エリーゼ」（Elysee）はドイツの筆記具メーカーのブランド名。会社は現存しない。

「海側いりぐち」「花園」括弧内はR・M・リルケ（飯吉光夫訳）の詩から引用。

本書は「詩の練習」「ココア共和国」「現代詩手帖」「交野が原」「グッフォー」「ピエ」に発表した詩を再構成し、「月」「花園」「true circle」「ブルーブラック」を加えて編んだ。

＊

装画は風間成美（ホリナルミ）さんによってノルウェーで描かれた作品で、「ムピリックとヌルギクプス」展（風間雄飛・風間成美2人展、2022、ギャラリー門馬）で展示されました。今後カットして加筆変更予定とのことでしたが、お願いして使わせていただきました。心より御礼申しあげます。

薔薇《ばら》とひかがみ

著　者　海東《かいとう》セラ

発行者　小田啓之

発行所　株式会社思潮社

〒一六二―〇八四二　東京都新宿区市谷砂土原町三―十五

電　話　〇三（五八〇五）七五〇一（営業）

〇三（三二六七）八一四一（編集）

印刷所　創栄図書印刷株式会社

発行日　二〇二四年九月三十日